KB076086

우리의 죽은 자들을 위해

우리의 죽은 자들을 위해

이 시 영 시 집

창비

차 례

제1부

제1부

라이프찌히, 봄

젊은 괴테가 즐겨 찾았다는 지하식당 아우어바흐 켈러
에서 고은 시인이 유리알 같은 잔에 담긴 이곳의 특산 명
주 알라쉬*를 털어 마시며 내게 말했다. "아, 임종할 때
마셨으면 좋겠다. 캬흐!"

* Allasch: 일종의 과일 증류주.

라이프찌히, 토마스 교회를 가다

높다란 성가대의 남쪽 창으로 색색의 석양빛이 쏟아져 들어오고 있었다. 부활절 일주일 전, 백명의 성 토마스 소년합창단이 '마태수난곡'과 칸타타를 연습중이었다. 지휘자의 하얀 지휘봉 끝에서 이따금 구르는 듯한 소년들의 웃음소리가 미끄러져내리곤 했다. 그리고 묵직한 설교단 반대쪽 측문 왼편에 요한 제바스티안 바흐의 구리로 된 무덤 표지판이 제라늄과 함께 장중히 누워 있었다.

어른 곰

　백일 동안의 긴 겨울잠에서 깨어난 지리산 반달가슴곰 한 마리가 개미들의 유충이 달라붙어 있는 참나무 한 그루를 통째로 갉아먹은 뒤 바윗등에 올라 커다란 하품을 하며 능선 쪽을 돌아다보는데 봄산이 깜짝 놀랄 정도로 어깨며 등이 우람한 산을 닮았다.

수평선

남녘 하늘에 초사흘 달이 선명하게 찍혀 있다.
새벽 바다는 지금 막 한 사리를 끝내고
활처럼 휘인 허리를 차갑게 식히고 싶을 때,

가을

검은 새우 그림으로 유명한 청말(清末)의 근대 화가 제백석(齊白石)의 '초충도(草蟲圖)'에 여치 한 마리가 갈색 낙엽을 타고 시린 물살 위를 조용히 흘러가는 것이 있는데 마른 여치의 긴 수염이 장강(長江)의 물결 위에서 바르르 떨렸다.

송사리들

　자운영꽃이 활짝 핀 1955년 봄이었다. 동그란 로이또 안경을 쓰고 빡빡머리인 교장선생님이 아직 적령 미달인 생도들을 모아놓고 돌아가며 면접을 하다가 가만히 내 머리를 쓰다듬으며 물었다. "주소가 어디냐?" 모기처럼 기어드는 목소리로 간신히 "전라남도 구례군……"이라고 대답하자 대번에 큰 소리로 내년에 다시 오라고 했다. 머쓱해진 아버지가 두루마기 자락을 날리며 포플러처럼 성큼성큼 광평리 둑으로 올라서는데, 그 밑에선 송사리들이 햇볕에 맑은 등을 빛내며 놀았다.

책상 동무

중학교에 입학하고 나서 얼마 지나지 않아서였다. 달빛이 대숲에 하얗게 부서져내리는 밤, 웬 커다란 그림자 하나가 성큼성큼 걸어와 내 방 창문 앞에 쿵 하고 무언가를 부려놓았다. 아버지 등에 업혀 시오릿길을 꼬박 걸어온 옻칠이 반지르르한 앉은뱅이책상이었다.

잔양(殘陽)

해 넘어간 서녘 하늘에 걸린 아름다운 붉은 띠 하나,
밤이 깊어도 사라지지 않는 오로라 같다.

아심찮다

저 위의 함경도 여자들은 머리의 임을 내려주거나 우물가에서 무거운 물동이를 이어주면 "아심찮숫꾸마" 하고 마치 화가 난 듯 강한 악센트로 말하고 총총히 사라진다고 하는데, 저 밑의 내 고향 전라도 여인들은 그런 일을 당하면 보리밭에 종다리 나는 목소리로 "아따 아심찮구만이요이……" 하면서 비음(鼻音)을 길게 빼면서 봄 훈김 어지럽게 어른거리는 밭둑 너머로 천천히 사라지는 것이었다.

풀꾼

어렸을 적 방아다리에 꼴 베러 나갔다가 꼴은 못 베고
손가락만 베어 선혈이 뚝뚝 듣는 왼손 검지손가락을 콩
잎으로 감싸쥐고 뛰어오는데 아버지처럼 젊은 들이 우렁
우렁한 목소리로 다가서며 말했다. "괜찮다 아가 우지 마
라! 괜찮다 아가 우지 마라!" 그 뒤로 나는 들에서 제일
훌륭한 풀꾼이 되었다.

우리의 죽은 자들을 위해

다음의 인용은 끔찍한 고문을 이겨내고 동지들의 눈길 속에 복도를 걸어오는 두 여인을 묘사한 것으로 칠레 작가 루이스 쎄뿔베다의 것이다.

"검은 머리 여자와 금발 여자. 까르멘과 마르시아. 그들은 모든 것을 걸었던 여자들답게 당당하고 자랑스럽게 저쪽에서 걸어가고 있다. 사랑을 전한 몸들은 모든 패배자들의 사랑을 간직하고 있다. 키스를 유혹하는 입술들은 신음은 토해냈지만, 사람이나 나무, 강, 산, 숲, 꽃, 거리의 그 어느 이름도 말하지 않았다. 그들은 사형집행인들이 눈치챌 만한 정보는 아무것도 주지 않았다. 눈부신 전등 아래서 고문당하던 눈들은 우리의 죽은 자들을 위해 당당하게 눈물을 흘렸다."*

---

* 쎄뿔베다 단편집 『소외』(열린책들 2005)에 실린 서른다섯 편 중 하나인 「검은 머리 여인과 금발 여인」의 한 부분.

아리엘 도르프만의 소설을 읽으며

  읽을 줄도 쓸 줄도 모르는 여인이 장남의 손을 잡고 어린 자식들과 함께 등록소로 찾아와 새로 태어난 아이에게 사라진 제 아비의 자랑스런 긴 이름 루이스 에밀리오 곤살레스 하라미요*를 붙여달라고 떼를 쓰는 바람에 안경을 쓰고 염소수염을 단 신중한 관청 서기는 어제처럼 또 땀을 뻘뻘 흘려야 했다.

* 루이스 에밀리오는 칠레 노동운동과 칠레공산당의 아버지로 추앙되는 루이스 에밀리오 레까바렌을 가리킨다.

친견

달라이 라마께서 인도의 다람살라에서 중국의 한 감옥에서 풀려난 티베트 승려를 친견했을 때의 일이라고 한다. 그동안 얼마나 고생이 심했느냐는 물음에 승려가 잔잔한 미소를 띠며 대답했다고 한다. "하마터면 저들을 미워할 뻔했습니다그려!" 그러곤 무릎 위에 올려놓은 승려의 두 손이 가만히 떨렸다.

정치의 계절

1982년 여름이었다. 광화문의 한 허름한 식당에서 김대중 내란음모사건 관련자들이 모여 석방을 자축하고 있었는데 아까부터 구석자리에 앉아 조용히 설렁탕 국물을 떠넣는 신사가 있었다. 김영삼씨였다. 아무도 그에게 알은체를 하지 않았다. 냉혹한 정치의 계절이었다.

박봉우 시인

이가 거의 다 빠진 합죽이 박봉우 시인이 내 손을 잡고 껄껄 웃으며 말했다. "시영이 자네를 팔아 술깨나 얻어먹었네그려!" 생애 후반의 대부분을 전주시립도서관의 따분한 직원으로 얹혀지낸 시인은 술 생각이 간절한 저녁이면 인근의 지인들에게 전화하여 "창비에 있는 이시영이가 자네 시집을 내주기로 했다"고 속여 공술을 자주 대접받았다고 하는데 그중에는 내 고등학교 때의 은사 이모(某) 선생님도 계셨다.

염소

K교수가 정년을 하고 고향인 K읍에 막 내려가 살 때였
다. 부인의 사랑하는 개가 아직은 서먹한 옆집 염소의 통
통한 허벅지를 물었다. 깜짝 놀란 K교수가 부리나케 병
원으로 싣고 가 응급처치를 한 뒤 눈물이 글썽한 염소를
안고 옆집을 찾았을 때의 일이다. 이 모든 광경을 뜨악한
표정으로 지켜보고 있던 주인이 먼 산을 보면서 아주 천
천히 말했다. "교수님, 이 염소는 내께 아니니께 아까와
똑같은 것으로 바꿔다 주이소!"

빗방울 하나가

    빗방울 하나가 가지 끝에 매달려 오전 내내 지지 않고 있다.

    아, 바람이 불 때마다 온 나무숲이 신선하다.

모년 모월 모일

　이광웅 형을 군산 가까운 서해 낮은 산자락에 묻어주고 돌아오는 길이었다. 바다 갈매기들이 바다로 가지 않고 끼룩거리며 우리 뒤를 조용히 따르고 있었다.

오라비

2005년 7월 27일 새벽 삼지연읍 베개봉 호텔 2층, 웬술 취한 사내가 카운터 위에 고개를 묻고 앳된 커피점 아가씨에게 무어라 무어라 중얼거리고 있었는데 마지막 당부의 말은 대략 이러했다. "시집가면 생기는 대로 아이를 펑펑 낳을 것이며 형제들과도 사이좋게 지내며 특히 아버지께는……" 이 대목에서 사내는 그만 참지 못하고 굵은 눈물을 보이고 마는 것이었다.

전라도 김치

새갈지라는 전라도 무김치가 있었다. 한겨울 움속에서
갓 꺼내와 숭덩숭덩 썰어 밥 한술과 함께 잇사이로 깨물
면 먼 조상 적의 아득한 흙내음이 그대로 전해져오는 것
이었다.

시인이라는 직업

금강산에 시인대회 하러 가는 날, 고성 북측 입국심사대의 귀때기가 새파란 젊은 군관 동무가 서정춘 형을 세워놓고 물었다. "시인 말고 직업이 뭐요?" "놀고 있습니다." "여보시오. 놀고 있다니 말이 됩네까? 목수도 하고 노동도 하면서 시를 써야지……" 키 작은 서정춘 형이 심사대 밑에서 바지를 몇번 추슬러올리다가 슬그머니 그만두는 것을 바다가 옆에서 지켜보았다.

성읍 마을을 지나며

말의 선량한 눈동자를 바라보고 있으면 바람이 불어오
는 쪽의 가난한 저녁을 알 것만 같다.

탑동 마을의 아침

파도에 내리꽂히는 갈매기떼들
간혹 바다가 그들의 입을 물고 놓지 않는다.

서부두에서

밤새도록 파도와 씨름하던 거구의 오징어잡이배들
아침이면 잔잔한 바다가 그들을 애기처럼 달래며 온다.

어느 영혼이 잘못 없으랴

독일에서 만난 허수경씨 남편은 뚱보에다가 사람 좋아보이는 털북숭이 수염을 달고 있었는데 허수경씨 옆에서 마냥 즐거워하는 그에게도 아픈 과거가 있었습니다. 그의 어머니는 노르망디 출신이고 아버지는 베를린 출신인데 말하자면 독일군 병사를 사랑한 죄로 종전 후 그의 어머니는 처녀의 몸으로 주소만 달랑 들고 베를린 애인 집을 찾아갔답니다. 그러나 놀란 것은 그 집의 식구들, 그들도 아들의 행방을 애타게 찾고 있었는데 웬 프랑스 처녀가? 애인도 없는 집에서 눌러산 지 7년. 어느날 아침 현관 밖에 쓰레기를 버리러 나갔다가 거기에 넋나간 표정으로 서 있는 귀환 장정을 보았답니다. 그러니까 그해가 1952년, 소련 전선에서 포로가 되었다가 그제야 풀려난 것이지요. 그 일년 후에 태어난 그가 모계인 프랑스계 유치원을 다니며 친구들에게 나찌의 자식이라고 손가락질 당하며 자란 것은 지금도 지울 수 없는 가장 아픈 기억 중의 하나. 그러나 이제는 그들을 다 용서했다고 합니다. 왜냐하면 그는 아르뛰르 랭보를 너무나 좋아하는 반은 프랑스인. 오늘밤에도 그는 흑맥주잔을 높이 들고 먼 동방에서 온 아내의 친구들 앞에서 랭보의 시를 줄줄 외우곤 합니다. "오 계절이여, 오 성(城)이여, / 어느 영혼이 잘못 없으랴?"

봄

바람이 그치자 강산에 꽃들이 다투어 피어났다.

  온몸이 따스한 고양이 한 마리가 풀밭 위에서 처음 보는 공을 이리저리 굴려보고 있다.

평택 지나며

　병점 지나 서정리 지나 평택 들판에 우뚝 솟은 느티나무 한 그루,
　그 아래 방금 보습 대어 갈아붙인 찰흙 위로 쏜살같이 내리꽂히는 제비새끼들의 강철 입이여!

목련꽃들

면목동이 아직 거기 있을 때 내 눈에 콩깍지가 끼어 571번 버스 횡하니 먼지 일으키며 지나가는 그곳 여인숙 잠 많이 잤다. 밤새도록 창살에 달라붙어 울어제끼는 엉머구리떼 울음 떨쳐내느라 퉁퉁 부은 눈으로 아침 골목길에 나서면 아, 어느 집 양철대문 안에 소담스럽게 피어 있던 목련꽃들.

도란도란

마포초등학교 정문 앞 문구팬시전문점 앞 의자에 누가 보아도 어머니와 딸이 분명한 두 노인이 나란히 앉아 채송화 피던 날의 저녁을 도란도란 얘기합니다. 조무래기들이 무엇을 사러 왔다가 누구에게 물건값을 치러얄지 몰라 작은 머리통들을 이리저리 굴리고 있습니다.

詩를 찾아서

　벼랑에서 한발 더 성큼 내딛다가 하늘 허공에 아스라
이 걸린 심허사(心虛寺) 한 채,
　내 오늘은 반드시 그 절을 찾아 저 짙푸른 태산준령을
넘어야겠다.

늦가을

    김장 무 다 거두어들인 비행깃들은 왜 그리 적막한지.
추운 배추 꼬랑지 몇 떨어진 신작로길에 이랴, 이랴, 늙
은 소달구지는 하동 쪽으로 간다고 하는데, 이때 부웅 하
고 울리는 찬수역 기적소리. 그런 밤이면 잠 못 이루며
가출하고 싶었다. 서울로!

카길중학교에서

60여명의 레바논 민간인들이 숨진 카나 마을의 한 중학교 교실, 이스라엘군의 무차별 공습으로 집이 날아간 네 가족의 난민들이 모여 살고 있었다. 한 젊은 여인은 남동생을 잃었다고 했고 한 할머니는 장성한 아들을 잃었다고 했다. KBS 기자가 마이크를 들이대자 여인은 차도르 밖으로 드러난 검은 눈을 굴리면서 아무 말도 하지 않았고 할머니는 흐느끼면서 "이제 알라신밖에 의지할 곳은 없다. 그분께서 반드시 우리를 도와주실 것"이라고 힘주어 말했다.

전쟁범죄자들

'가디언'에 따르면 이스라엘이 레바논 공습시에 사용한 폭탄은 'M483A1'이라는 대량살상무기인 정밀유도폭탄이라고 하는데, 이는 미국에서 생산된 것이고 세계의 분쟁지역마다 즉각적으로 아주 비싼 값에 공급되고 있다고 한다. 그리고 부시는 라이스 장관이 중동을 이륙한 직후 가진 주말별장 회견에서 산뜻한 와이셔츠 차림으로 서서 전날 밤 남부 레바논 카나 마을에 밤새도록 퍼부어진 이 무차별 폭격을 새로운 중동 탄생을 위한 산통이라고 했다.

강남 제비

강남으로 떠나기 전 제비들이 빨랫줄에 팽팽히 앉아 하루종일 부리와 깃을 다듬고 있습니다. 그중에는 배 쪽이 유난히 흰 새끼제비 몇마리도 끼여앉아 진주처럼 검은 눈을 바지런히 굴리고 있습니다.

초원에서

저물녘 눈썹을 내리깔고 조용히 생각에 잠긴 말의 잔
등을 한 소녀가 다가가 가만히 쓸어주고 있다.

카파의 사진
전쟁과 여인*

    1944년 8월 18일 해방된 빠리의 거리, 삭발당한 한 여자가 독일군 애인의 아이를 안고 쫓겨가는 모습을 군중들이 에워싸며 조롱하고 있었다. 그때 한 젊은 레지스땅스 여성이 그들 앞을 가로막고 나서며 말했다. "이건 잔인하고 불필요한 짓이에요. 저들은 군인들의 여자일 뿐이에요. 내일이면 미군과 잠을 잘 여자들이죠."** 그러나 흥분한 사람들은, 심지어 소녀들까지 흩어지지 않았고 바로 몇걸음 앞에선 초췌한 그 여자의 아버지가 딸의 짐 보따리를 안은 채 세상에서 가장 무거운 발걸음을 옮기고 있었다.

* 다큐 사진작가 로버트 카파(1913~54)의 작품.
** 알렉스 커쇼 『로버트 카파 — 그는 너무 많은 걸 보았다』(강 2006), 224면.

오탁번의 시

방학리 사는 초등학교 동창 김종명이네 집에 놀러 갔다가 안방에서 나오는 머리 하얀 노친네를 보고 그의 어머닌 줄 알고 깜빡 큰절을 올릴 뻔했다고 한 오탁번의 시는 일품이었다. 아니, 거실에서 자정 너머까지 티브이를 보다 안방에 들어가보니 이런! 뜻밖에도 몇해 전에 돌아가신 장모님이 침대 위에서 안경을 끼고 책을 읽고 계시더라는 그의 시는 더욱 일품이었다. 아니, 병원에서 어느 정도 생사의 고비를 넘기고 나서 예쁜 간호사가 링거 주사 놔준다고 팔뚝을 만지자 자기도 몰래 그것이 불뚝 솟더라는, 그래서 다시 남자가 된 듯 면도를 깨끗이 하고 환자복 바지 하나 새로 달라는 말을 그만 "바다 하나 주세요" 했다는 그의 시는 더더욱 일품이었다.

제2부

저물 무렵

어두울 무렵 풀숲에 우둑하니 묶인 염소는 슬프다
두터운 밤이 저를 잊어버렸는지 검은 염소는 매애 하
고 운다.

다섯 시간 전

1999년 미 오하이오주가 사형제도를 부활시킨 뒤 모두 23명의 사형수가 그곳 루커스빌의 주립교도소에서 독극물 주사로 삶을 마감했다고 한다. 루커스빌 교도소는 사형수가 입감하는 날부터 그 다음날 장의사가 시신을 옮겨갈 때까지 그들의 일거수일투족을 차가운 사실주의 문체로 기록해두었는데 그중에는 이런 것도 있다.

"2001년 6월 14일 새벽 5시 2분. 절도 현장에서 살인을 저질러 사형을 선고받은 존 디 스콧은 코를 골며 자고 있다. 형집행 5시간 전이다."

횡단

코스타리카 북서쪽의 한 해변, 수만 마리의 검푸른 거북이들이 뭍에 올라 긴 목을 모랫바닥에 박고 알을 낳기 위해 필사적으로 엉덩이들을 치켜들고 있다. 몇달 후 그곳에서 부화한 새끼들은 또록한 눈들을 뜨고 어미처럼 목을 빼어 고향인 바다로 돌아가기 위해 뒤우뚱거리며 뙤약볕 자글거리는 바닥을 뜨겁게 관통해가고 있을 것이다.

파도빛

해발 4천 718미터에 자리한 티베트 산정의 나무춰 호수는 하늘빛을 닮아 그 색깔이 파도처럼 푸른데 동서의 길이가 70킬로, 남북간 너비가 30킬로라고 한다. 양들과 야크 일족이 산상으로 이동하다가 간혹 고개를 돌려 신들의 깊은 눈길로 하늘과 맞닿기 위해 출렁이는 그 드높은 파도빛을 가만히 응시하기도 한다.

인간보호

육촌동생을 앞세우고 성묘길 찾아 천황재를 넘는데 멧돼지 발자국들이 자드락길에 푹푹 찍혀 있었다. 밤밭 7천 평을 하는 다른 육촌동생 말이 이제는 곰뿐만 아니라 멧돼지들이 인가 가까이까지 내려와 밭 매는 사람을 들이받고 아까운 죽순밭을 통째로 삼켜버린다고 한다. 그리고 그는 올여름 밤밭에서 독사를 네 마리나 만났는데 인간을 향해 머리를 꼿꼿이 세우고 달려드는 그놈들과 싸우다가 삽날로 제 발등을 찍고 말았다면서 자연보호도 좋지만 우선 인간보호부터 해야 되지 않느냐고 말하는 것이었다.

그대로 계시다

근 40년 만에 찾아뵙는 할아버지 무덤은 그 자리에 그대로 있었다. 소나무 잔가지들이 무덤을 가렸고 물이끼들이 자라나 상석을 덮었다. 아, 그러나 아무도 찾아오지 않는 40년을 할아버지는 무덤 속에 그대로 계셨다.

눈 내리는 날 아침

어느 눈 내리는 날 아침, 다산(多産)의 당숙모네 집 마루 밑에선 늙은 백구가 강아지를 또 아홉 마리나 낳았다. 아직 눈도 못 뜬 새끼들이 머리를 부딪쳐가며 퉁퉁 불은 어미젖을 찾느라고 꼬무락거려쌓는데 사립문 밖에는 벌써부터 날랜 삵이 와 항문을 바짝 추켜세우고 있었다.

십년 뒤

추석 명절이라고 영북(嶺北) 사는 행렬이가 오징어를
두어 축 보내왔다. '속초상회'라는 상표가 찍힌, 바짝 눌
린 것이었는데 눈알만은 툭 튀어나와 한쪽으로 쏠린 채
하늘을 응시하고 있었다. 선친의 명태 덕장이 있던 매서
운 겨울 사진리는 잘 있는가? 아니 그늘 아래서 러닝셔츠
바람으로 낮잠 자던 팔뚝 딴딴한 여름은 이제 그를 알아
보는가? 살아서 쉿쉿거리며 거침없이 오르내렸을 이빨
시린 그들의 바다가 그리웁다.

야크

양들이 지나간 자리는 풀잎은 물론 그 뿌리까지 남아
나지 않는다고 한다. 그러나 야크가 지나간 자리는 영롱
한 이슬만 마른다고 한다. 베이징에서 라싸까지 칭짱(靑
藏) 철도가 놓이자 그 순한 야크가 중국인 관광객을 태우
고 하늘호수를 도는데 멀리서 하얀 설산이 그들을 내려
다보고 있다.

별잠

철조망이 쳐진 중국 딴뚱(丹東) 근처 압록강의 황금평
섬에서 한가족으로 보이는 북한 농민들이 가을걷이를 하
고 있는데, 나도 몰래 그 속으로 스윽 빨려들어가 잘 드
는 낫으로 벼포기를 마음껏 움켜쥐고 베어나가다가 "여
보 아바이 동무! 새참 좀 먹고 합시다"라고 말하자 머릿
수건 쓴 그의 아내가 고운 눈을 흘기며 논둑으로 가더니
보자기에 싼 찐 고구마를 들고 왔다. 그러고는 그만 꿀잠
이 들고 말았던가? 일어나보니 사위는 어둡고 나만 혼자
볏가리 위에서 먼 나라의 양치기 소년처럼 푹신한 별잠
을 자고 있었다.

하싼

하싼(45세)은 카슈미르에서 온 가장인데 열다섯살 때부터 30년 동안 인도 북서부의 히말라야 휴양도시 심라에서 짐꾼 노릇을 해왔다고 한다. 그는 오늘도 다른 노동자 둘과 함께 220킬로그램의 기름통을 공평히 등에 지고 5킬로가 넘는 언덕길을 무릎이 무너져내리기 직전까지 간신히 오르내리는데 정말이지 죽고 싶을 정도로 힘들 때는 "오 신이시여 저희를 도와주소서!"라고 외친다고 한다. 이슬람 사원을 개조해서 만든 미시케라는 공동숙소에서 오늘밤에도 잠들기 전에 그가 올리는 기도는 단 하나! "이 지상에서의 힘든 노역은 제발 저희 대에서 그치게 해주십시오."

고향

3개월 만에 도시 노동에서 고향인 카슈미르 베리나그 마을로 돌아온 하싼은 딸 슈비나(15세)와 아들 아키프(12세)가 잠들기를 기다렸다가 한 손에는 조용히 램프를, 그리고 다른 손에는 젊고 따스한 아내 세미나 바누(33세)의 손을 잡고 외양간으로 든다. 그날밤 소들의 외양간에서는 무슨 일이 일어났을까?

수고

35년을 심라의 짐꾼으로 늙어온 글라마 헤나(51세)와 헤딘(56세) 형제가 150킬로그램이 넘는 무거운 모직원단 짐을 함께 지고 나란히 언덕길을 오르자 태양과 알라신께서 비 오듯 흐르는 그들의 땀을 잠시 닦아주시었다.

빛

사위가 잠든 밤, 한점 등불이 희미하게 켜지기 시작하면서 새벽이면 집 떠날 도시노동자 하싼의 푹 꺼진 무릎뼈를 쓰다듬고 있는 아내 세미나의 손길을 오래오래 비춰주었다.

세상에서 가장 무거운 짐

미시케에서 제일 유쾌한 짐꾼 노동자 하싼은 "신께서 저희에게 이렇게 힘든 일을 시키시는 것은 다 이유가 있을 것"이라며 그분께서 언젠가는 우리 등에서 가장 무거운 짐을 내려주실 것이라고 말하는 것이었는데, 그는 오늘도 글라마딘, 슈빌과 함께 석유통을 지고 5킬로의 길을 걸어 67루피(1,400원)의 돈을 벌었다.

사람들

"자네 어른과 함께 유묵쟁이 닷 마지기 논에 물 대던 때가 엊그제 같으이. 그 가늘은 홈통을 타고 어린 애기 오줌방울처럼 흘러들어가던 애타던 물줄기하며 자네 선친의 그 번개 같던 걸음걸이하며……"

짓무른 눈가를 훔쳐가며 병수씨(72세)는 말하는 것이었는데, 지금도 잠 아니 오는 밤에는 여름 들을 가득 메우며 흥성거리던 옛 어른들의 흔감하던 목청이며 일 사이 사이 황새처럼 너울거리며 춤추던 그 간절한 몸짓이 그립다고 한다.

보시니 참 좋았다

이제 막 새 뿔이 돋기 시작한 젖염소들이 인천항 컨테이너 부두 앞에 모여 유난히 긴 얼굴들을 서로의 등에 비비면서 매애거리고 있다. 160마리 중 절반은 황해북도 봉산군으로 나머지는 평안남도 약전리로 입양될 예정이라고 하는데, 하이얀 염소를 성급히 바다 쪽으로 모는 사람들이나 귀에 달린 표찰을 흔들어 보이며 처음 보는 바다 쪽으로는 기어이 가지 않겠다고 버티는 그들이나 그분이 보시기엔 참 좋았다.

가을 호상

가을햇살이 깨밭의 깨꽃처럼 쏟아져내리는 아침, 이씨
네 상가 상청에선 이 댁의 시집간 딸들이 모처럼 모여 소
녀처럼 다리를 뻗고 울고 있었는데, 간간이 섞이어 들리
는 "아이고 어머니, 나 중학교 다닐 때 깨 팔아 운동화 사
신으라고 주신 돈을 빵집 앞에서…" 어쩌구 하는 막내딸
의 사설 또한 구성지기 그지없었는데, 마당에서 잠자리
잡는다고 빗자루 들고 뛰어다니며 놀던 어린 손주들이
곡소리에 놀라 어른들 다리 사이로 방 안을 기웃거리다
가 제 할머니들의 갑작스런 어리광에 양볼을 타고 비어
져나오려는 함박웃음을 더이상 참지 못하고 하하 터트리
고 마는 것이었다.

어떤 대사식

　세상에 저렇게 홀연한 떠남이 있을 수 있다니! 11월 5일 익산 원불교 중앙총부에서 치러진 대사식(戴謝式)*에서 퇴임 법문을 마친 좌산 상사는 눈물을 흘리는 2만여 신도들 앞에서 물었다. "경산 종법사를 중심으로 자비와 지혜의 교법을 세상에 실현하겠느냐?" 종도들이 우레와 같은 소리로 응답하자 그는 새 종법사에게 법통을 상징하는 법장을 전한 뒤 공손히 물러났다. 그리고 어린아이 같은 즐거운 걸음으로 자연 속으로 사라졌다. 어찌 수풀을 찢고 보름달 뜨지 않으랴.

* 원불교 최고위직인 '종법사'를 물려주고 받는 의식.

KFC

  한모씨(33세)가 아이 둘을 보육원으로 데려가기 직전 켄터키 프라이드 치킨점에 들러 아이들이 좋아하는 햄버거를 사주었다. 그리고 그들을 실은 차가 보육원 정문에 다다를 무렵 동생의 작은 손을 형의 손 안에 쥐여주며 말했다. "너희 둘은 형제다. 이담에 아빠가 데리러 올 때까지 이 손을 꼭 놓지 말거라!" 그러나 8년 후 아빠가 다시 찾았을 때 그들은 그곳에 없었다.

쏠 테면 쏘라!

　　11월 18일 밤 팔레스타인 가자지구 북부 자발랴에 사는 한 정치단체 간부 집에 이스라엘군의 전화가 걸려왔다. "곧 당신 집에 공습이 퍼부어질 테니 30분 안에 집을 비워라." 그러나 집주인 웨일 보루드는 집을 비우는 대신 근처 모스크로 달려가 구원을 요청했다. 순식간에 2, 3백 명으로 불어난 사람들이 보루드의 옥상과 집 주변으로 몰려와 모닥불을 피워놓고 외쳤다. "쏠 테면 쏘라! 굴복이 아니면 순교다." 이날 밤 이스라엘군은 이 인간방패들의 함성에 놀라 결국은 공습을 취소했다.

어느 스님

　죽음은 늘 예고도 없이 찾아온다고 한다, 취침과 기상 시간을 맞추는 법이 없이. 충북 청원군 미원면 대신리. 구녀산 자락을 따라 오르면 외롭게 죽음을 맞고 떠나는 이들을 보살피는 '정토마을'이 있다. 이곳의 원장 능행 스님(46세)이 간밤 또 한 죽음을 떠나보내느라 부르튼 입술로 말했다. "삶에서 너무 많이 가지고, 많이 나누고 많이 버리지 못하고, 용서하지 못하고 사랑하지 못한 사람일수록 마지막 순간 고통으로 그 댓가를 치르고 간다"고. "잘 죽는 일은 잘사는 것인데……" 그는 더이상 말을 잇지 못하고 이승의 마지막 순간 "우리 스님!"을 애타게 찾는 또다른 붓다 곁으로 갔다.

고(故) 박홍주 대령

다음은 10·26 당시 중앙정보부장의 수행비서였던 박홍주 대령이 1980년 3월 6일 경기도 소래의 한 야산에서 총살형으로 처형되기 직전 그의 부인에게 보낸 편지의 일부이다.

"아이들에게 이 아빠가 당연한 일을 했으며 그때 조건도 그러했다는 점을 잘 이해시켜 열등감에 빠지지 않도록 긍지를 불어넣어주시오…… 우리 사회가 죽지 않았다면 우리 가정을 그대로 놔두지는 않을 거요." 그리고 그는 아직 초등학생인 두 딸에게도 당부의 말을 잊지 않았다. "아빠는 조금도 부끄러움이 없는 사람이다. 주일을 잘 지키고 건실하게 신앙생활을 하여라."*

그는 당시 행당동 산동네 12평짜리 집에 살고 있었는데, 6년 후 천주교 측 인사가 찾아갔을 때 부인은 옆집에서 일하다 말고 나와 남루한 거친 손으로 그를 맞았다고 한다.

* 김정남 칼럼, 茶山포럼, 2006년 11월 23일.

74

누가 이 할머니를 전사로 내몰았는가

11월 23일 오후 팔레스타인 가자지구 북부 자발랴. 몸에 검은 폭탄띠를 두른 여성이 이스라엘 군부대를 향해 돌진하다 정지신호인 섬광 수류탄을 맞고 자폭했다. 이스라엘군 세 명이 다쳤다. 여성의 이름은 파티마 오마르 마무드 날 나자르. 올해 64세. 손자 한 명은 거리에서 이스라엘군과 대치하다 숨졌고 또다른 십대 손자는 총격으로 다리를 잃었다. 남편은 일년 전 이스라엘군의 감옥에서 숨졌으며 아들 다섯은 아버지가 갇혔던 바로 그 감옥에 갇혀 있다. 그리고 이스라엘군은 보복으로 그의 집마저 날려버렸다. 그는 딸 둘에 아들 일곱, 거기에다 자랑스런 서른다섯 명의 손자 손녀를 거느린 대가족의 가장으로서 기꺼이 순교를 자원했다.

포이동 266번지

타워팰리스 아래 강남구 포이동 266번지 판자촌에 사는 사람들에게는 주민등록 주소지가 없다. 그 대신 17년 전부터 토지불법점유자라는 딱지와 함께 변상금 고지서가 날아와 가구마다 현재 5천만원에서 많게는 8천만원까지의 빚이 쌓여 있다고 한다. 이 때문에 2004년에는 한 부부가 한 달 간격으로 자살한 적도 있다. 전쟁고아 출신 등 극빈층이었던 이들은 1981년 말 당국의 주선으로 전기, 수도도 없는 양재천변 쓰레기 하치장인 이곳으로 옮겨와 텅 빈 벌판에 비닐하우스를 치고 고물 등을 주워 파는 자활근로대원으로 생업을 시작했는데, 88 올림픽 이후부터 정부는 도시미관 등을 해친다는 이유로 이들을 내쫓기 위해 구역정리를 한 뒤 아예 주소조차 주지 않고 있는 것이다. 작년부터 이곳에 들어와 공부방을 열고 있는 '사람연대'에 따르면 이들의 건강보험 미가입 비율은 강남구 전체 평균의 20배에 가깝고 주민 자녀들 중 과외나 학원을 다니는 경우는 전무했고 심지어 많은 아이들은 자기 집이 이곳이라는 것을 학교에서 숨기고 있다 한다. 누가 이들을 이 시대의 범법자로 내모는가?

아프리카 스와질랜드 사진전에서

　스와질랜드 왕국은 모잠비크와 남아프리카를 경계에 둔 남반구에서 가장 작고 빈한한 나라다. 그런데 이곳의 성인 약 40%가 에이즈에 감염되어 있다고 한다. 서울시청 앞 광장에서 '에이즈의 날'을 기념해 열린 사진전에서 아이와 함께 에이즈에 걸린 한 아프리카 여성이 젖꼭지를 훤히 드러낸 채 침대에 누워 세상에서 가장 깊고 평화로운 눈으로 세계를 향해 발언하고 있다. "에이즈 환자인 남편은 콘돔을 가장 싫어한다. 그를 사랑하기 때문에 그에게 콘돔 사용을 강제할 수 없었다."

석유문명의 붕괴

다음은 에너지 전환을 위한 시민기업을 표방하고 있는 '시민발전' 박승옥 대표의 글 일부를 그대로 옮긴 것인데, 논점을 분명히하기 위해 글의 앞뒤를 바꾸거나 조사를 첨가하는 등 약간의 손질을 가했다.

인류는 오직 한번 석유를 쓰고, 오직 한번 금속을 사용할 수 있을 뿐이다. 지구가 더웠던 시기에 만들어진 석유가 지상으로 나오면서 다시 지구가 더워진다는 것은 너무나 상식에 속하는 일이다. 때문에 현대 석유문명의 붕괴는 필연이며 화석연료 사용으로 말미암은 지구온난화, 기후변화는 이미 현실로 닥치고 있다. 남북극의 빙하가 녹고 해수면이 높아지고 있어 투발루라는 나라는 곧 지도상에서 사라지고 말 것이라고 한다. 히말라야 빙하가 녹으면서 머지않아 인도 북부 지역은 농업이 더이상 불가능하게 될 것으로 예측되고 있으며, 아프리카 사막 지역과 중국의 사막은 너무나 빠르게 확대되고 있는 중이다. 그리고 알래스카의 동토가 녹으면서 건물이 무너지고 있다. 카트리나의 재앙이 바로 지구 대재앙의 시작임에도 불구하고 세계 석유생산의 4분의 1을 소비하고 있는 미국은 석유소비를 줄이기는커녕 쿄오또의정서에 비준조차 하지 않고 있다.

우리 모두 근대 이전의 고향으로 돌아가 햇빛농업, 바람발전, 소수력(小水力) 심지어 노새교통 등 재생가능 에너지를 총동원한 생태순환형 자립농업사회로 전환하지 않는 한 65억 인류는 석유 과소비로 인해 곧 멸망하고 말 것이다…… 역사에서 진보란 없으며 단지 사회는 변화할 뿐이다. 우리는 지금 그 변화의 초입에 있는 것이다.*

---

*「누구를 위한, 무엇을 위한 통일운동인가」, 『황해문화』 2006년 겨울호.

다른 행성

세계적 물리학자인 케임브리지대 스티븐 호킹 교수 (64세)는 30일 "인류가 살아남으려면 태양계 밖의 다른 행성에 정착촌을 건설해야 한다"고 했다. BBC 라디오와 가진 인터뷰에서 그는 "단 하나의 행성에 한정돼 산다면 장기적으로 인류의 생존은 위험에 처할 것이며, 조만간 소행성 충돌이나 핵전쟁 같은 재난이 인류를 휩쓸 수 있기 때문이다"고 했다. 그는 "우주로 뻗어나가 다른 행성을 개척한다면 우리의 미래는 안전하겠지만 태양계에는 불행히도 지구 같은 행성이 없어 정착촌을 건설할 만한 다른 곳을 찾아나서야 한다"고 덧붙였다.

루게릭병을 앓고 있는 호킹 교수는 "내 다음 목표는 우주로 가는 것"이라 말했는데, "'스타 트렉'에 나오는 것처럼 거의 빛의 속도로 이동할 수 있을 것"이라고 했다.

민족일보 조용수 사건

민족일보 조용수 사장의 동생 조용준씨(73세)는 45년 전인 1961년 12월 21일을 잊지 못한다. 그는 그날 오전 서대문 형무소에서 형을 면회했는데 예감이 좋지 않은 듯한 표정이었다고 한다. 그리고 충무로에 일 보러 나갔다가 라디오에서 바로 그날 형이 교수형에 처해진다는 비보를 접했다.

1961년 2월 13일 창간호를 낸 민족일보는 당시 4만 5천부를 발행할 정도로 국민들의 열렬한 지지를 받았는데, 5·16 쿠데타 직후인 5월 19일 92호를 끝으로 강제폐간당하고 서른둘의 젊은 조용수 사장은 혁명검찰부에 의해 간첩혐의로 기소되어 사형선고를 받았다. 이 사건은 최근 '진실화해위원회'에 의해 진실규명 결정이 내려져 국가에 재심을 권고한 상태다. 그는 "쿠데타의 주역인 박정희 전 대통령과 사형판결문에 서명한 당시 혁명재판부 이회창 판사를 더이상 미워하지 않지만 그렇다고 그들이 한 일을 한시도 잊은 적은 없다"고 했다.

마음의 설악

휴전선이 가까운 고성군 현내면의 바다는 아름다웠다. 깨끗한 파도가 이마를 들고 달려와 굴곡진 만(灣)의 아랫도리를 들이받곤 하였다. 그 시원한 바다를 오른쪽으로 끼고 한참을 더 달리면 남북출입국관리사무소가 나오는데 그곳은 스물한살의 젊은 지방행정서기보시보인 고형렬이 첫 임명장을 들고 부임하여 넉가래를 들고 산더미 같은 눈을 치우면서 제 마음의 설악을 높고 굳게 세운 곳이기도 하다.

대통령의 눈물

세계에서 가장 가난한 나라의 대통령인 하미드 카르자이 아프가니스탄 대통령(49세)이 연설 도중 눈물을 떨구는 사진이 경향신문 1면에 실렸다. 다음은 기사의 일부.

"10분쯤 지났을까. 그는 연합군의 폭격으로 불구가 된 소년을 언급하다 눈에 고인 눈물 때문에 한동안 말을 잇지 못했다. 눈물을 감추기 위해 하얀 손수건을 눈에 대는 순간 한방울의 눈물이 오른쪽 뺨을 타고 흘러내리다 옷깃에 떨어졌다. 그는 아랫입술을 부르르 떨면서 '가장 잔혹하고 너무나 잔혹스럽다'고 되뇌었다."*

AP통신은 그의 연설로 청중석이 울음바다로 변했다고 전했다. 아프간에선 '테러와의 전쟁'으로 2006년에만 어린이를 포함하여 모두 4천여명이 목숨을 잃었다.

* 경향신문, 2006년 12월 12일.

다람쥐들

다람쥐들은 머리가 나빠서 작년에 땅굴을 파고 숨겨둔 식량창고를 간혹 잊어먹는다고 합니다. 그리고 몇년 후 그곳에서 봄바람에 솔솔 상수리나무의 노란 떡잎이 고개를 내밀고 올라오는 것을 다람쥐는 또 깜빡 잊고 지나친다 합니다. 그 선량한 수염 몇가닥을 산바람에 날리며.

톡톡 탁탁

대설주의보가 내린 날 아침 지리산 외딴집 할머니네 창을 톡톡 탁탁 두드리는 손이 있었습니다. 창을 열고 내다보니 덫에 치인 고라니 한 마리를 다른 한 마리가 데리고 와 깊고 고요한 눈길로 도움을 청하는 것이었습니다.

집을 잃은 영혼

    육신은 죽자마자 흰 천에 덮여 급하게 냉동창고로 갑
니다. 그러면 처음으로 집을 잃은 영혼은 어찌할 바를 모
르고 지하 냉동창고 곁을 서성거리는데 바로 이때 그들
을 위해 불러주는 노래가 '티베트 사자(死者)의 서'입니
다. 육신에서 분리된 영혼은 자기가 죽은 줄도 모르고 무
려 사십구일 동안이나 옛 거처 곁을 헤맨다고 합니다.

저녁

해 저물면 도종환은 날밤 다섯 개를 창문턱에 내놓는
일을 하루도 거르지 않습니다. 다람쥐가 그 바지런한 앞
발로 와서 날밤 다섯 개를 품에 안고 숲으로 가는 모습이
너무도 아름답고 평화롭기 때문입니다.

5월 어머니회

　아르헨띠나의 '5월 어머니회'는 지금도 세 가지의 금도를 지킨다고 한다. 첫째로 실종된 자식들의 주검을 발굴하지 않으며, 둘째로 기념비를 세우지 않으며, 셋째로 금전보상을 받지 않는다. 왜냐하면 아이들은 아직 그들의 가슴속에서 결코 죽은 것이 아니며, 그들의 고귀한 정신을 절대로 차가운 돌 속에 가둘 수 없으며, 불의에 항거하다 죽거나 실종된 자식들의 영혼을 돈으로 모독할 수 없기 때문이다.

제3부

가지런히

유마거사께서 말씀하시었다.

"모든 차별을 여의고 그저 무심히 봄길을 걸을 뿐이다."*

오늘밤 동해 호미곶 파도 높이 솟구치겠다.

그리고 그 아래 물고기들 가지런히 놀겠다.

* 김사인 산문집 『따뜻한 밥 한 그릇』(큰나 2006), 102면에서 재인용.

행복

나이든 여성들의 노동수도공동체인 남원 동광원의 김
금남 원장(79세)의 얼굴은 그렇게 깨끗하고 맑아 보일 수
가 없었다. 그녀가 말했다.

"1949년에 동광원 식구들은 광주 방림동 와이엠씨에
이 건물에 살다가 쫓겨났어요. 30여명이 한겨울인데도
오갈 데가 없어서 방림다리 밑에 천막 세 개를 치고 살았
습니다. 10여명이 한 막 속에 들어가다보니 밤에 발도 뻗
을 수 없었어요. 그 추위 속에서 옆 사람의 체온에 의지
해 잠이 들곤 했습니다. 탁발하고 시장에서 주워온 푸성
귀들을 다리 밑에서 물에 씻어 팔팔 끓여 먹으면 그렇게
맛있을 수 없었어요. 육체가 낮아지면 낮아질수록 영혼
의 기쁨이 말할 수 없이 커지는 게 참으로 신비로운 일이
지요."*

그리고 그녀는 그 노구가 땅에 닿도록 절을 했다. 정말
빛을 본 사람만이 그 빛에 먼지 같은 자신의 모습을 비춰볼
수 있는가.

* 한겨레, 2007년 1월 1일.

원효로4가

원효로4가 전차종점은 목월 선생이 사시던 곳. 거기 비탈진 언덕길 위 일본식 이층집. 삐걱거리는 목조계단을 오르면 다다미방 한가운데에 놓인 네 귀 반듯한 앉은뱅이책상. 칠이 아주 많이 벗겨져 있었지. 그곳은 그가 넓고 시린 등을 보이며 한겨울에도 철필에 가슴 같은 잉크를 찍어 생계용 원고를 쓰던 곳. 창을 열면 새벽하늘로 당인리발전소에서 피어오르는 따뜻한 연기가 보인다 했지. 내 오늘 무심히 지나치다 보니 그 자리에 바로 청노루빌라 두 동이 들어서 있네. 거실 하나에 따스한 욕실 두 칸이라? 지금은 없어진 전찻길 너머로 그가 넓고 서운한 등을 보이며 얼핏 지나는 것이 보였다. 원효로4가 전차종점은 하여간에, 말처럼 긴 얼굴의 선량한 가장 목월 선생이 사시던 곳.

자연

곰은 사냥을 하기 전에 꼭 한번 씨익 웃는다고 한다. 그리고 그 뭉툭한 앞발로 파드락거리는 송어를 낚아채선 단숨에 그것의 멱통을 끊어놓는다. 곰의 전신은 이제 먹잇감 앞에서 한없이 공순한 자연이다.

지구기온

지구온난화에 따른 기후이변을 그린 가상도에 의하면 지구표면의 온도상승이 부를 대재앙은 대략 다음과 같다.

지구기온이 1℃ 상승하면 안데스산맥의 작은 빙하들이 사라지면서 유역 주민 5천만이 물 부족 사태를 겪는다. 2℃ 상승하면 열대지역 농작물 생산이 급격히 감소하며 아프리카에선 4천만에서 6천만이 추가로 말라리아에 감염되고 그린란드와 남극의 빙봉이 녹을 것이라고 한다. 3℃ 상승했을 땐 세계 인구 1억5천만에서 5억 5천만이 기근에 시달리고 아마존 열대우림의 붕괴가 시작되고 생물종 20%에서 50%가 멸종될 것이며, 4℃ 상승하면 700만에서 3억의 연안 주민들이 홍수 피해를 당할 것이며, 북극 툰드라 절반이 감소되고 세계자연보호구역 절반이 기능상실될 것이라고 한다. 그리고 5℃ 상승하면 히말라야 대형 빙하들이 소멸되어 중국 인구 4분의 1과 인도인 수억이 마실 물이 없어질 것이며, 바다 산성화로 해양생태계가 심각한 손상을 입고 해수위 상승으로 작은 섬나라와 해안가 대규모 도시들이 위협받을 것이라고 한다. 그리고 만약 5°C 이상 상승하면 이는 지난 빙하시대와 현재의 온도 차이이며, 대규모 인구이동과 재앙 등으로 현재의 경험으로선 그 예측이 어렵다고 한다. 참고로 지난 한 세기 동안 지구 평균기온의 상승폭은 0.6°C였으며(19세기말과 비교하면 0.8°C 상승), 유엔의 IPCC(기후변화 정부간위원회) 3차 평가보고서는 백년 후인 2100년 지구 기온을 1990년보다 1.4°C에서 5.8°C 상승할 것으로 전망했다.[*]

* 영국정부 「스턴 보고서」, 2006; 한겨레, 2007년 1월 2일자에서 재인용.

사담 후쎄인

교수형에 처해지기 직전 후쎄인은 군인답게 얼굴에 두건 쓰기를 거부했으며, 굵은 밧줄이 그의 목을 힘껏 죄기 직전까지 미국과 페르시아인들에 대한 저주를 퍼부었다. 그리고 차가운 땅에 철커덕 얼굴을 묻고 떨어진 그의 시신은 곧바로 수습되어 이튿날 새벽 어릴 적 의붓아버지에게 채찍을 맞고 자란 티그리트 인근 고향 알아우자 마을 두 아들 무덤 사이에 조용히 묻혔다. 그는 서방의 제재로부터 이라크를 해방시킨 아랍의 영웅인가? 아니면 10만이 넘는 쿠르드족과 반대파를 학살한 독재자인가? 어둠속의 무덤은 낮고 아무런 말이 없다.

마을에 연기 나네

부탄의 한 산골마을 외딴집에 아침 연기 오른다
밤새워 바람의 길을 따라 해발 7천 미터 히말라야 설산
을 넘어온 검은목두루미 한 쌍이 그 집 앞에 사뿐히 내
린다

날개에 봄햇살이 찬란하다

사원 근처

봄이 되자 히말라야 산록의 야생 영양 네 마리가 치리 겐타 사원(寺院) 근처까지 내려와 있다. 그런데 자세히 보니 겨울 동안의 수염을 깨끗이 밀고 마당에 나와 비질하는 어린 스님들의 이마에도 작고 새파란 뿔들이 돋아 있는 것이 아닌가. 설산을 녹이고 흘러온 거울 같은 계곡의 물결 위로 이따금씩 팔뚝만한 송어가 뛰었다.

산다는 것의 의미

1964년 토오꾜오 올림픽을 앞두고 지은 지 삼년밖에 안된 집을 부득이 헐지 않을 수 없게 되었을 때의 일이라고 한다. 지붕을 들어내자 꼬리에 못이 박혀 꼼짝도 할 수 없는 도마뱀 한 마리가 그때까지 살아 있었다. 동료 도마뱀이 그 긴 시간 동안 하루도 거르지 않고 먹이를 날라다주었기 때문이다.*

* 박호성 칼럼, 茶山포럼, 2007년 1월 11일.

마지막 편지

1912년 남극에 갔다가 돌아오지 못한 비운의 탐험가 로버트 폴컨 스콧이 아내 캐슬린에게 쓴 마지막 편지가 케임브리지대 '스콧 극연구소'에 의해 처음으로 공개되었다.

"서둘러 점심을 먹고 잠시 온기를 느끼는 차에 곧 닥칠 생의 마지막 순간을 준비하면서 이렇게 편지를 쓰게 되었소…… 내게 당신이 얼마나 소중한 사람이었는지를 알아주었으면 좋겠어."*

그는 편지에서 자신이 죽고 난 뒤 아내가 다른 좋은 사람을 만나 새 인생을 살기 바라며, 세살 난 아들 피터가 자연을 접하면서 성장하기를 바란다는 말도 덧붙였다.

* 한겨레, 2007년 1월 12일.

유언

"잠시 밖으로 나갔다 오겠습니다. 시간이 좀 걸릴지도 모르겠습니다."*

동상에 걸린 자신의 발 때문에 탐험대의 속도가 점점 더 느려지자 위험을 직감한 대원 로런스 오츠가 텐트를 나서 눈보라 속으로 사라지면서 남긴 최후의 말이다.

1912년 스콧 남극탐험대의 일정은 결국 여기서 최후를 맞았다.

* 한겨레, 2007년 1월 12일.

달밤

용산성당 밑 계성유치원 담벼락, 한 애인이 한 애인의 치맛자락을 걷어올리자 눈부신 새하얀 허벅지가 드러났다. 달님이 뽀시시 나왔다간 입술을 가리고 구름 속으로 얼른 들어가 숨는다.

나무

"한국에 심는 나무 한 그루가 이곳 나이로비의 강우량을 늘리고 가시나무밖에 남지 않은 사바나 초원의 급격한 사막화를 조금 더 지연시킬 수가 있어요. 자연자원의 재생과 공동이용이라는 점에서 우리는 서로에게 깊게 연대되어 있는 셈이지요."

지난 30년간 3천만 그루의 나무를 심어 2004년 노벨평화상을 수상한 케냐의 그린벨트 운동가 왕가리 마타이(67세)는 지금 열대국가인 케냐가 겪고 있는 극심한 환경파괴와 이로 인한 빈곤의 악순환은 사실 '화석연료를 사용하는 산업화된 국가들' 탓이며, 그들의 자제할 줄 모르는 도덕적 불감증은 아프리카는 물론 이 지구별의 수명을 단축하고 있다고 말했다.

"세계가 올해 10억 그루의 나무를 심자는 나의 제안을 심각하게 받아들여주기를 바랍니다. 왜냐하면 그것은 우리 모두가 할 수 있는 최소한의 일이기 때문입니다."*

* EBS 「하나뿐인 지구」 900회 특집방송, 2007년 1월 15일.

스콧 아내의 편지

남극탐험가인 스콧이 죽은 뒤 일곱 달이 지나도록 소식을 듣지 못한 아내 캐슬린이 남편에게 보낸 편지가 영국의 한 일간지에 공개되었다. 그녀는 남편이 영국에서 얼마나 많은 사랑과 존경을 받고 있는지를 전하면서 하루 빨리 재회의 기쁨을 나누기를 바란다고 했다. 다음은 그 마지막 부분.

"사랑하는 당신, 절대 슬퍼하지 마세요. 인생은 언제나 그토록 멋지니까요. 당신 때문에 모든 사람이 나에게 친절하니 행복하기 그지없어요. 그리고 우리의 작은 집이 얼마나 멋진지, 내 작품활동은 잘 이뤄지고 있고 내가 잘 지내고 있는 걸 알려주고 싶어요. 또 우리 아들 피터는 얼마나 경이로운지, 그리고 당신이 우리집으로 오고 있다는 것을 고대하고 있어요."*

런던의 슬레이드 예술학교를 졸업한 저명한 조각가이기도 한 캐슬린은 1913년 2월 귀환하는 영국 남극탐험대를 환영하기 위해 뉴질랜드로 항해하는 도중 남편이 11개월 전 남극점에 도달한 뒤 베이스캠프로 돌아오다 사망했다는 소식을 듣는다.

* 한겨레 인터넷판, 2007년 1월 16일.

그곳은 정말 장관

세계 최초로 에베레스트산을 오르고 노르웨이의 아문센과 영국의 스콧에 이어 세번째로 남극점을 밟은 뉴질랜드의 탐험가 에드먼드 힐러리(87세) 옹이 50년 만에 다시 손자와 함께 남극원정에 나서겠다고 해 사람들을 놀라게 했다.

그는 남극 로스섬 한가운데 자리잡은 에레부스산 자락 빙설 위의 '오두막'에서 숙박하며 "맥머도우 해협을 가로지르는 산을 바라보면서 남극의 아름다움을 만끽하고 싶다"며 "그곳은 정말 장관"이라고 말했다. 한편 이번 원정을 후원하는 루 쌘슨은 아마도 그가 "그곳의 공기를 마지막으로 마시고 싶어서일 것"이라고 했다.*

* 한겨레, 2007년 1월 19일.

염소 걸음

이 세상의 모든 염소 걸음은 슬프다

주인 곁에 바짝 붙어 아무런 의심도 없이 또각거리며 걷는 그들의 발걸음이 너무도 진지하고 공순하기 때문이다

젊은 그들

32년 만에 열린 재심 선고공판에서 무죄가 선고되었다
는 소식을 들은 '인혁당 재건위 사건'의 김용원 도예종
서도원 송상진 여정남 우홍선 이수병 하재완 씨들은 무
덤 속에서 벌떡 일어났다가 다시 누웠다. 그러나 그들의
뼈는 결코 웃을 수가 없었다. 누가 그들에게 젊은 육신의
옷을 입혀줄 수 있단 말인가.

성장기

　장대 같은 빗줄기가 마당을 후벼파는 여름날이었다. 추녀 밑에 어정쩡하게 서 있던 내게 아버지가 말했다. "가서 묻어라!" 빗줄기를 뚫고 가 나는 주머니 속의 모든 쇠구슬들을 끄집어내 마당 끝의 대추나무 곁에 꼭꼭 묻었다. 그날밤도 세상이 떠내려갈 듯 비가 내렸고 천둥이 치고 벼락이 따 위에 내리꽂혔다. 그리고 아침이 오자 언제 그랬냐는 듯 비가 멎고 가을 같은 깨끗한 햇살이 내렸다. 눈부신 마당으로 달려나간 나는 이제 더이상 소년이 아니었다. 그때 고독한 적막이 부스스 일어나 내 곁으로 아주 가까이 다가서는 것이 보였다.

레꼴레따

　세계에서 가장 아름다운 무덤의 하나인 레꼴레따 공동
묘지는 부에노스아이레스의 고급스런 동네 한복판에 무
슨 저택처럼 우뚝 서 있다. 무더운 날이면 담을 넘어 시
신 썩는 냄새가 짙게 풍겨오는 그곳에서 젊은 연인들은
팔짱을 끼고 걸으며 삶을 껴안듯 죽음 또한 굳게 껴안고
사는데, 한때 아르헨띠나 민중들의 연인이었던 에바 뻬
론도 잠들어 있는 이곳에서 죽음은 삶보다 더 화려하며
다만 그 빛깔이 조금 달라지는 것일 뿐이라는 것을 누구
보다 잘 알고 있기 때문이다.*

* 김병종의 화첩기행 14, 조선일보, 2007년 2월 12일.

봄날

목련이 활짝 핀 봄날이었다. 인도네시아 출신의 불법 체류 노동자 누르 푸아드(30세)는 인천의 한 업체 기숙사 3층에서 모처럼 아내 리나와 함께 단란한 시간을 보내고 있었다. 목련이 활짝 핀 아침이었다. 우당탕거리는 구둣발 소리와 함께 갑자기 들이닥친 출입국관리사무소 직원들이 다짜고짜 그와 아내의 손목에 수갑을 채우기 시작했다. 겉옷을 갈아입겠다며 잠시 수갑을 풀어달라고 했다. 그리고 그 짧은 순간 푸아드는 창문을 통해 옆 건물 옥상으로 뛰어내리다 그만 발을 헛디뎌 바닥으로 떨어져 숨지고 말았다. 목련이 활짝 핀 눈부신 봄날 아침이었다.

시인

　김종삼은 살아가노라면 어디선가 굴욕 따위를 맛볼 때
가 있는데, 그런 날이면 되건 안되건 무엇인가 그적거리
고 싶었으며 그게 바로 시도 못되는 자신의 시라고 했다.
마치 이 세상에 잘못 놀러 나온 사람처럼 부재(不在)로서
자신의 고독과 대면하며 살아온 사람, 그런 사람을 나는
비로소 시인이라고 부른다.

극지

영하 23도의 추위 속에서 남극의 펭귄들이 가슴에 새끼들을 품은 채 바위처럼 붙박여 눈보라를 맞는 장면들이 장엄하기 이를 데 없습니다. 그러나 벌써부터 픽픽 쓰러지는 옆 자리의 친구들이 있습니다. 그러면 어미의 갑옷 체온에서 놓여난 어린 새끼들은 곧바로 얼음나라의 밥이 되고 맙니다.

봄 2

털갈이를 막 끝낸 황제펭귄 새끼들이 입수준비를 위해 그들의 평생직장인 바다로 가고 있는데, 뒤우뚱거리며 딴전을 피우는 새끼들을 불러 모으느라 어미의 발길질이 분주합니다. 그러나 잠시도 가만히 있지 못하는 새끼들의 비로드 같은 검은 등 위로 올해의 노오란 봄햇살이 자르르합니다.

1989년 12월

검찰조사를 받기 위해 서초동 구치감에 입감했을 때의 일이다. 두 손에 수갑을 차고 있는데 먹으라고, 어서 먹으라고 식구통으로 배식판을 밀어넣어주었다. 철창을 마구 치며 거세게 항의했지만 묵묵부답이었다. 개새끼들!

김종삼

꿈에 김종삼을 만났다
그는 거기서 라이트급 복서가 되어 있었다
링에 오르자마자 얻어터졌다
코피가 흘렀다
레퍼리가 다가가 그만 싸우겠느냐고 물었지만
그는 계속해서 달려들고 있었다
그런데 벌써부터 다리가 풀려 휘청거렸다
코피가 멈추지 않았다
더 싸우라고 놔두자
링 아래엔 응원 나온 시인학교 생도들이 보였지만
왠지 열심인 것 같지는 않았다
오늘의 응원단 명단
소주 반병을 차고 온 시인 김관식 김수영
그리고 문학평론가 임긍재

* 김종삼의 「시인학교」 등을 패러디함.

116

봄의 내음

　'진도 봄동' 하면 '구례 오이'라고 했을 때처럼 차고 뜨거운 것이 목젖을 타고 넘어온다. 진도 봄동, 저것들을 길러냈을 저 전라도라 진도의 강인한 겨울벌판과 하루에도 수없이 오갔을 허리 굽은 할머니들의 부지런한 발걸음이 생각났기 때문이다. 진도 봄동, 좀 된발음으로 표기하면 마당가에 방금 눈 아기 봄똥처럼 더욱 파릇해지고 상큼하고 아삭거리는 진도 봄동.

승인

회족(回族)이 모여 사는 중국 영하(寧夏)의 한 도축업소
에서는 하루 천 마리의 양을 도살하는데 모자를 쓴 이맘
이 지켜보는 가운데 "알라신이시여!"를 외치며 칼잡이들
은 그분의 승인 아래 한 마리 한 마리의 목숨을 앗는다.
그것을 아는지 모르는지 양들도 단 한번 짧은 비명으로
무릎을 꿇고 잠시 동안 이승의 것이었던 자신의 육신을
기꺼이 바친다.

아주 특별한 죽음의 의식

20세기 미국 시인 앨런 긴즈버그는 죽기 전에 뉴욕에 있는 그의 집에서 친구들에게 일일이 전화를 걸어 "나 이제 가네!"라고 작별인사를 했다고 한다. 역시 20세기 미국 칼럼니스트 부크월드는 자신의 죽음을 '뉴욕타임즈' 인터넷판 동영상 비디오에 직접 출연해 알렸다. "안녕하세요. 아트 부크월드입니다. 제가 조금 전에 사망했습니다." 둘 다 인생을 마감하는 큰 행사의 하나인 죽음 앞에서 유머를 잃지 않는 모습이 위엄스럽고 또 유쾌해 보여 좋았다. 88 서울국제펜대회가 있던 해 여름 무슨 일인가로 숙소인 북악스카이호텔로 찾아간 나에게 인도인 남자친구의 사진을 보여주며 수줍게 웃던 앨런 긴즈버그의 말 같은 긴 얼굴이 떠오르는 밤이다. 부디 잘 갔기를! 부크월드도.

황사

고비엔 올겨울 들어 단 한점의 눈도 내리지 않았다고
한다. 45년 만의 일이라고 한다. 초지를 잃은 양들은 곧
동료들의 등에 선한 얼굴을 묻고 죽어갈 것이며, 사막의
복판에서 강력한 폭풍은 일어 저 문명의 오랜 주름인 꺼
끌꺼끌한 모래들을 중국은 물론 한반도까지, 아니 태평
양 건너 미 대륙의 상공까지 어김없이 실어나를 것이다.

오후

다람쥐가 포근한 낮잠을 자고 있다
바람이 간혹 그것의 꼬리를 건드려보지만
잠잠하다
머잖아 세상에 엄청난 큰일이 닥칠 것이라고 한다
그래도 다람쥐는 귀여운 통통한 앞발을 가슴에 꼬옥
끌어안고
잠잠할 뿐이다

신발

사람들은 죽음의 순간에도 왜 신발을 가지런히 벗어놓
고 갈까

영혼더러 그 신발을 신고 따라오란 것일까

아니면 너와의 인연이 다했으니 이제 그 신발을 신고

다른 거처를 찾아가란 말일까

오늘도 한강대교 난간엔 구두코가 반지르르한 새 구두
한 켤레가 하늘을 향해

아주 반듯이 놓여 있다

밤

눈보라가 매섭게 몰아치는 고원의 겨울밤, 배부른 양이 새끼를 낳았는데 양 대신 사람이 다가가 별빛 하늘에 고하고 고이 받았다. 양수와 함께 머리부터 빠져나온 새끼가 첫 세상의 추위에 견디지 못하고 사람 품에서 오들오들 떨었는데 어미 닮은 눈이 유난히 까맸다. 그리고 그것을 안은 사람의 눈도 별빛 아래 유달리 빛났다.

거문도에, 봄이 오다

    올해 구순에 접어드신 한창훈씨 할머니가 거문도 밭두 덕에 앉아 햇쑥을 손질하고 있는데, 겨우내 매서운 해풍 맞고 자란 쑥이 사방에 짙은 초록빛 향기를 내뿜고 있는 게 수십억년 묵은 바다내음보다도 더 강렬하다. 그 옆에 선 새끼 둘을 거느리고 나온 까만 염소 일가가 봄 햇살에 자울자울 졸다가 이따금 목방울을 흔들어 제가 염소라는 사실을 잊지 않는다.

미소

이 아침 개심사 오르는 길에 누가 누고 간 것일까
덤불 속에 수북이 빛나는 사람의 똥 한 무더기

서울역에서

모든 것을 잃은 남자가 거기에 서 있었다
바닥이 다 닳은 작업화,
보풀이 인 바지,
깡충하게 허리가 드러난 짧은 상의,
그러나 수많은 날의 풍찬노숙에도 결코 웃음을 잃지
않은 선량한 농부 얼굴의 그가
그 자리에 서 있었다

네슬레

아옌데는 만약 선거를 통해 집권하면 열다섯살 이하 모든 어린이들에게 매일 0.5리터의 분유를 무상배급하겠다고 약속했다. 그해 9월 선거에서 승리한 인민전선은 칠레의 모든 우유산업을 독점하고 있던 스위스의 다국적 기업 네슬레를 상대로 제값 주고 살 터이니 분유를 공급해달라고 했으나 보기 좋게 거절당했다. 수만명의 어린이들은 아옌데 정권 이전처럼 다시 영양실조와 배고픔에 시달리게 되었다. 그리고 모든 개혁은 좌절됐으며 미국은 마침내 삐노체뜨를 앞세운 군부 쿠데타를 통해 그를 사살하기에 이른다. 1973년 9월 11일 그는 군인들로 둘러싸인 대통령궁에서 마지막 라디오 연설을 한다.

"나는 물러나지 않을 것이다. 그들은 우리를 이길 수 있겠지만 사회의 진전을 범죄나 힘으로 멈추게 할 수는 없다… 머지않아 자유인들이 더 나은 사회를 실현하기 위해 지나갈 위대한 길이 다시 열릴 것이다. 칠레 만세! 칠레 국민 만세! 노동자 만세! 이것이 나의 마지막 말이다."[*]

[*] 한겨레, 2007년 3월 16일자에서 재인용.

STOP THE WAR NOW!

2003년 3월 20일 새벽 5시 34분 바그다드에 날아든 미군 토마호크 미사일로 시작된 이라크전은 이제 이라크 무장세력들의 항전과 시아파와 수니파 간의 본격적인 내전 상태로 진입했다. 지난 4년간 1조 2천억 달러를 쏟아부은 이 전쟁에서 미군 3천 200명이 숨졌으며 이라크 민간인 사망자만 6만 6천에서 65만명으로 추산되고 있다. 그리고 '종파간의 인종청소'를 피해 국내를 떠도는 피난민의 숫자가 180만명, 씨리아와 요르단, 이집트 및 레바논, 이란 등지에 흩어진 이라크 난민들은 이미 200만명을 넘어섰다. 국내 및 국외 난민을 합치면 2천 700만 이라크 전체 인구 8명당 1명꼴이다.

"미국이 우리에게 약속한 자유가 바로 이런 것입니까?" 씨리아의 국경도시 알 탄프에서 만난 한 할머니가 부르짖었다. 그녀는 공습으로 남편을, 내전으로 사위와 딸과 손녀를 잃었다. 그녀의 어깨에는 폭격 때 입은 파편들이 아직도 박혀 있는데 먹고살 길이 없다고 한다. 그리고 다마스쿠스의 한 지하클럽에서 만난 가자 무하메드

가심(18세)은 미군 총에 맞아 숨진 아버지 대신 이라크에
남은 동생 다섯과 어머니의 생계를 위해 성매매에 나섰
다. 소녀가 말했다. "먹고살 수만 있다면 괜찮아요……
여기엔 저보다 더 어린 열살짜리 소녀도 있어요."

제임스 피어런 스탠퍼드대 교수는 '포린 어페어즈' 최
신호에서 2차대전 이후 내전 125건의 평균 지속기간이
10년으로 조사됐다며 "비극적이게도, 내전이 더 진행돼
야 권력분점이 해법으로 등장하게 될 것"이라고 했다.*

* MBC「W」, 2007년 3월 23일.

노예무역

1807년 영국이 노예무역을 폐지한 지 만 200년이 지난 오늘에도 '강제노동자'에 해당하는 현대판 노예노동자수가 400만에서 2천 700만명에 이른다고 한다(2005년 국제노동기구 발표로는 1천 230만명). 현대판 노예거래인 국제 인신매매는 매년 80만에서 90만명, 그 규모는 100억에서 320억 달러에 이르는데 중동은 주로 가사노예, 남아시아는 빚을 갚기 위한 담보노동노예, 우간다나 스리랑카는 아동병사노예, 선진국은 성노예가 많다고 한다.

라오스 출신 10대 여성 로드를 11세에 판 것은 그의 부모였으며 그녀는 하루 14시간씩 방콕의 한 공장에서 강제노동에 종사하고 있다. 그녀에겐 굶어죽지 않을 정도의 음식만이 제공되는데 로드가 이에 반발하자 주인은 그에게 화학약품을 부어버렸다. 15세 때 납치돼 우간다의 반군 소년 노예병사가 된 마이클은 도망치는 동료 소년을 명령에 따라 태연히 사살하는 일을 하고 있다.

이 21세기 문명의 시대에도 노예제가 번창하는 이유는 뭘까? 물론 높은 수익성 때문이다. 미국과 유럽에서 노예

한 명의 가격은 1만 2천 500달러이며 노예 1인당 순익은 약 1만 달러라고 한다. 성노예 한 명이 유럽 등에서 매년 벌어들이는 돈은 6만 7천 200달러. 반면 1850년 미국에서의 노예 가격은 1천 달러였다(현재의 화폐가치로는 3만 8천 달러). 머나먼 대서양 횡단중에 노예들의 사망률이 16.8%로 매우 높았기 때문이다. 미국에 최초로 노예가 도착한 곳은 버지니아주 제임스타운. 올해로 제임스타운 건설 400주년을 맞은 버지니아주 상원은 지난 2월 노예제에 대한 '심심한 유감'을 표명했다. 그러나 2006년 한 해에만 미국에 1만 7천 500명의 신 노예들이 유입된 것으로 추정되고 있다.*

* 중앙선데이, 2007년 3월 25일.

평화

내가 만약 바람이라면
세상에서 가장 부드러운 미풍이 되어
저 아기다람쥐의 졸리운 낮잠을 깨우지 않으리

■

시인의 말

『아르갈의 향기』 이후 쓴 시들을 묶어 또 한 권의 시집을 낸다. 첫시집으로부터 치면 31년 만의 것이고 저 20대의 풋풋한 등단연도로부터 따지면 38년 만의 시집이다. 그런데 아직도 시가 나를 쓰는 것이 아니라 내가 시를 억지로 부리고 있다. 원컨대 시가 어떤 규범으로부터 벗어나 어린아이처럼 새롭게 태어나 아장아장 걸어나왔으면 좋겠다. "각자 자기로부터 새로이"(D. H. 로런스).

이 시집엔 다른 분의 글이나 기사에서 인용한 것들이 많다. 때론 한줄의 기사가 그 숱한 '가공된 진실'보다 더 시다웠다. 부디 그분들의 글이 더욱 빛나기를!

2007년 6월

이시영

창비시선 277

우리의 죽은 자들을 위해

초판 1쇄 발행/2007년 6월 15일
초판 7쇄 발행/2020년 5월 18일

지은이/이시영
펴낸이/강일우
책임편집/박신규
펴낸곳/(주)창비
등록/1986년 8월 5일 제85호
주소/10881 경기도 파주시 회동길 184
전화/031-955-3333
팩시밀리/영업 031-955-3399 · 편집 031-955-3400
홈페이지/www.changbi.com
전자우편/lit@changbi.com

ⓒ 이시영 2007
ISBN 978-89-364-2277-6 03810

* 이 책 내용의 전부 또는 일부를 재사용하려면
  반드시 저작권자와 창비 양측의 동의를 받아야 합니다.
* 책값은 뒤표지에 표시되어 있습니다.